AF454673

DESSINS DE L. FRŒLICH

BIBLIOTHÈQUE NATIONALE
R.F.
IMPR.

Le Rêve

de

Maître Ambroise

BIBLIOTHÈQUE
et
MAGASIN D'ÉDUCATION
ET DE RÉCRÉATION
Édit: J. Hetzel
Paris — 18-r. Jacob

La maman de M. Ambroise, qui redoute les intempérances de langage de
son fils, incorrigible et insupportable petit bavard, sans cesse jacassant à tort et
à travers, lui a bien recommandé de s'abstenir de faire aucune allusion au nez
du Monsieur qui doit dîner ce jour-là à la maison.

C'est à cette condition qu'il pourra rester à table et avoir du dessert. Aussi,
comme il ne perd aucune occasion de dire une sottise, dès qu'il a eu sa poire et
son gâteau, M. Ambroise s'est-il écrié : « Maman, pourquoi est-ce que tu m'as
défendu de parler du nez du Monsieur? »

A ces mots, hôtes et invité, très gais jusque-là, se sentent mal à leur aise
et ne savent quelle contenance prendre.

Le papa se lève et emmène M. Ambroise dans un cabinet noir où il le
laisse en pénitence, puis revient auprès de son invité pour essayer d'effacer
l'impression produite par l'inconvenante sortie de son fils.

En vain l'invité demande grâce pour le coupable. M. Ambroise ne quittera
le cabinet noir que pour être mis au lit.

Dans le cabinet noir, M. Ambroise, après avoir bien pleuré, a fini par s'endormir.

Tout à coup, il se sent le bras saisi par un énorme perroquet à l'air terrible; il est coiffé d'un chapeau à deux cornes, et porte un grand sabre suspendu à un baudrier jaune.

Ce gendarme Perroquet entraîne M. Ambroise et crie tellement fort que notre jeune bavard ne peut placer un mot pour demander où on l'emmène ainsi.

M. Ambroise est enfermé dans une prison déjà occupée par une demi-douzaine de perroquets qui le reçoivent fort mal : les chenapans le battent et l'assourdissent de leurs cris. — Le calme n'est rétabli que par l'arrivée du perro-quet-geôlier qui apporte le repas des prisonniers — des noix et des noisettes.

Celui-ci se retire après avoir enchaîné M. Ambroise à un perchoir. Le malheureux a grand'faim, mais il a tout de suite la mâchoire meurtrie et les dents brisées ; il retrouve pourtant sa voix pour faire un grand discours tendant à apprendre aux prisonniers perroquets l'usage et l'utilité du casse-noix.

Le roi des Perroquets, informé de la présence d'un si grand orateur, a ordonné de le lui amener.

Vêtu d'un manteau de plumes, M. Ambroise, fier de ce plumage qui convient si bien à son ramage, se présente devant Sa Majesté, entourée des hauts dignitaires du royaume, et en termes choisis lui offre ses humbles hommages.

Le roi, tout à fait ravi et désireux d'introduire le beau langage à sa cour, donne à M. Ambroise la chaire d'Éloquence française.

M. Ambroise, après avoir remercié le roi, se rend dans la salle de conférences, pour commencer sans retard l'éducation oratoire de ces grands seigneurs.

Quand il s'agit de répéter ce qu'a dit l'éminent orateur, tous les élèves prennent la parole à la fois. M. Ambroise, devant cette bonne volonté trop bruyante, renonce à tenir tête à un tel vacarme — et se sauve.

M. Ambroise, pour la troisième fois, a trouvé ses maîtres.

M. Ambroise est arrivé dans un endroit solitaire bien propice au calme et au repos dont ses oreilles et sa cervelle ont si grand besoin.

Il est tiré de ses tristes réflexions par la rencontre d'un perroquet grave et mélancolique, qui lui confie qu'il a été banni de la cour pour avoir eu le tort d'avoir répété dans un pareil monde cette maxime: *La parole est d'argent et le silence est d'or.* « Si mon père t'entendait! » s'écrie M. Ambroise. Heureux, à l'idée de trouver quelqu'un qui le comprenne, le perroquet prend Ambroise sur son dos et le ramène chez lui.

M. Ambroise faisait un voyage délicieux, lorsqu'une brusque secousse vient le rappeler à la réalité. Son papa, jugeant la pénitence suffisante, est venu pour le délivrer et a dû le réveiller.

M. Ambroise a beaucoup de peine à remettre de l'ordre dans ses idées. Il peut enfin raconter à son père son voyage au pays des bavards.

Le papa de M. Ambroise est tout à fait de l'avis du sage perroquet, et espère que dorénavant son fils pratiquera la sage maxime : *La parole d'argent mais le silence est d'or.*